Charles Schm

De la mission du théologien d'aujourd'hui

Charles Schmidt

De la mission du théologien d'aujourd'hui

Réimpression inchangée de l'édition originale de 1838.

1ère édition 2024 | ISBN: 978-3-38509-527-4

Verlag (Éditeur): Outlook Verlag GmbH, Zeilweg 44, 60439 Frankfurt, Deutschland
Vertretungsberechtigt (Représentant autorisé): E. Roepke, Zeilweg 44, 60439 Frankfurt, Deutschland
Druck (Imprimerie): Libri Plureos GmbH, Friedensallee 273, 22763 Hamburg, Deutschland

DE LA

MISSION DU THÉOLOGIEN

D'AUJOURD'HUI.

PAR

Charles Schmidt,

DOCTEUR EN THÉOLOGIE.

ᮩᮩᮩᮩᮩᮩᮩ

Extrait de la seconde partie du tome I.er des *Essais et fragments de théologie et de philosophie*, publiés par quelques professeurs du Séminaire protestant et de la Faculté de théologie de Strasbourg.

STRASBOURG,

De l'imprimerie de F. G. Levrault, rue des Juifs, n.º 33.

1838.

DE LA

MISSION DU THÉOLOGIEN

D'AUJOURD'HUI.

La question que nous nous sommes posée : quelle
est aujourd'hui, au degré de la civilisation actuelle,
la mission du théologien ? n'est pas une question
superflue. Elle ne pourrait être regardée comme
telle que par ceux qui négligeraient de la soumettre
à un examen sérieux, et qui ne voudraient pas se
donner la peine de la considérer sous toutes ses
faces et avec toutes ses conséquences. Il est vrai, la
mission du théologien chrétien est au fond toujours
invariable; dans son essence elle ne change pas plus
que le christianisme lui-même; la parole de Jésus-
Christ : allez par tout le monde, et préchez l'Évangile à toute créature, s'adresse à ses apôtres de tous
les âges. Toujours et en quelque lieu que ce soit,
le *théologien*, le θεολόγος, doit connaître le λόγον
Θεοῦ, la parole divine, et comme cette parole n'est
pas une lettre morte ou un simple objet de savoir,
mais une parole de vie, il doit l'avoir reçue dans
sa conscience la plus intime, elle doit être devenue

en quelque sorte le principe de toute son existence. Ce n'est qu'alors qu'il pourra la reproduire dignement et indiquer aux hommes le chemin du salut, en agissant sur leur volonté tant par les vérités dont il aura nourri leur intelligence, que par la direction qu'il aura donnée à leur sentiment religieux. Connaître la religion et l'enseigner aux autres, être religieux lui-même et former les autres à la pratique des vertus religieuses, c'est-à-dire de toutes, telle a été de tous temps la mission du théologien, et elle sera la même aussi longtemps que durera le monde. Pour la résumer en peu de mots, nous dirons que le théologien est chargé de l'éducation de l'humanité. Mais l'humanité n'est pas stationnaire; elle a sa vie aussi bien que l'individu, et dans chacune des différentes phases de sa durée, elle a d'autres besoins, elle exprime son esprit par d'autres tendances et d'autres idées; son horizon s'élargit à mesure qu'elle avance; chacun de ses pas est marqué par une conquête nouvelle; d'une main elle couvre le sol des ruines de ce qu'elle avait construit dans ses premiers âges, tandis que de l'autre elle élève de nouveaux édifices destinés à leur tour à tomber comme imparfaits sous la faux des siècles à venir. Celui qui veut servir de guide à cette humanité, doit donc savoir à chaque époque quel est le point où elle est arrivée, et par quels moyens il peut exercer sur elle une influence salutaire. C'est là la condition suprème de ses succès; ils dépendent de l'intelligence qu'il a des besoins de son époque, et ils seront d'autant plus grands, qu'il aura fait une étude plus sérieuse, non-seulement de ce qui manque à ses contemporains et de ce qu'ils espèrent, mais aussi de ce qu'ils possèdent, soit comme legs des générations passées, soit comme acquis par leurs propres efforts.

Si donc nous parlons de la mission du théologien d'aujourd'hui, nous entendons parler de ces devoirs spéciaux que l'état actuel de l'humanité lui impose, afin qu'il puisse travailler avec fruit à la sainte œuvre qui lui est confiée, à l'éducation des hommes pour le règne de Dieu. Le théologien qui voudrait s'isoler de son époque, manquerait aux plus sacrés de ses devoirs, il méconnaîtrait le véritable caractère de sa vocation. Il serait le serviteur inutile qui enfouirait son talent, ou qui mettrait sa lumière sous le boisseau, où le manque d'air ne tarderait pas à l'éteindre. S'il veut interdire à l'esprit de son époque de se réfléchir en lui, s'il ferme son oreille et son âme aux espérances comme aux plaintes de ses contemporains, s'il veut rompre tous ces fils cachés qui l'attachent de mille manières à son siècle, pourra-t-il encore remplir sa mission, et ne tombera-t-il pas sous la condamnation des guerriers infidèles qui désertent le champ de bataille, ou qui abandonnent le poste confié à leur vigilance? Tous ceux que nous révérons comme bienfaiteurs de l'humanité et comme propagateurs de la religion, ne le sont devenus qu'en se mettant dans les rapports les plus intimes avec leurs temps; liés au passé comme à l'avenir, ils n'ont pu préparer l'un qu'en subissant l'influence de l'autre; ils n'ont pu agir sur leur époque qu'en se pénétrant de son esprit, en s'exposant eux-mêmes à sa réaction continue. Quelle qu'ait été l'étendue de leur activité, qu'ils se soient appelés Luther ou Oberlin, n'importe, ce n'est qu'à ce prix qu'ils ont pu accomplir leur œuvre.

Ainsi, bien que la mission du théologien reste la même dans son principe, il est néanmoins obligé de satisfaire à des exigences qui caractérisent l'état actuel de la société; sa mission n'a pas changé de nature, elle n'a fait qu'étendre son domaine. Les circonstances sont toujours graves aux yeux d'un homme qui connaît l'étendue de ses devoirs, et qui est résolu de les remplir avec zèle. Mais il est des époques où, par le concours de différents phénomènes, les choses prennent un caractère plus sérieux, où elles réclament impérieusement toute notre attention et tous nos efforts. Une pareille époque est la nôtre. Personne, ce nous semble, ne viendra plus mettre en doute les immenses progrès de l'esprit humain dans différentes directions; les lumières se sont répandues au loin, et on est occupé de tous côtés à leur rendre l'accès plus facile; les sciences

ont pris un développement prodigieux; elles mar-
chent de conquête en conquête, et tel qui est loin de
se compter parmi les savants, possède peut-être plus
de connaissances qu'il n'en fallait jadis pour constituer un érudit. Si nous voulons donc agir sur les
hommes, il faut nous mettre à la hauteur de leur
civilisation; et nous ne parlons pas ici de cette civilisation mensongère qui, pour ainsi dire, n'effleure
que la surface de la société, nous prenons le mot
dans sa haute et véritable acception, comme dési-
gnant l'ensemble des progrès intellectuels, moraux
et sociaux que les hommes peuvent avoir faits. Or,
c'est à la hauteur de cette civilisation que le théologien doit s'élever; elle est progressive, elle ne
s'arrête ni ne rétrograde, mais quelquefois elle n'a-
vance qu'avec peine à travers un dédale de débris
épars confusément sur sa route : savoir, quand elle
répudie la religion, et qu'elle veut marcher seule
sans son secours. Les meilleurs esprits sont saisis de
doutes et semblent désespérer de la Providence et
de la perfectibilité du genre humain. C'est ainsi que
les derniers temps ont été des temps de désordre
et de confusion, malgré les progrès des sciences
et les développements de l'industrie ou de la liberté
politique. Notre patrie avait enfin ouvert les yeux
sur ses déplorables égarements en matière de religion, pendant le dernier siècle; elle se voyait avec
effroi engagée dans les ténèbres désespérantes d'une

négation universelle; le sentiment de l'insuffisance de l'homme se réveilla, et l'on se porta de tous côtés vers la religion avec une avidité extraordinaire. Mais on se précipita dans le vague, et, sous l'empire d'une prévention qui était encore une conséquence de l'incrédulité dont on avait horreur, on ne s'adressa pas dès l'abord à la vraie source, à l'Évangile, mais on se créa des religions, des révélations nouvelles, destinées à commenter, à compléter, à remplacer même la révélation du christianisme. Ces rêveries ont subi leur sort; elles sont passées, après avoir ébloui pendant quelques instants des yeux peu exercés à distinguer le vrai du faux. La première agitation s'est calmée, mais non sans avoir porté ses fruits; à l'exaltation a succédé la réflexion, et l'on commence à sentir que, pour combler le vide, il faut autre chose que des chimères et des fantômes, savoir, la réalité substantielle du christianisme. L'état religieux de la France est digne de toute notre sollicitude; les sectes nées dans un moment d'effervescence se sont évanouies en grande partie; mais le sentiment religieux est excité : le germe, que tous ces phénomènes passagers ont éveillé, n'a pas encore perdu sa vigueur, et beaucoup se convainquent que l'Évangile seul possède assez de chaleur et de lumière pour le féconder. Mais l'ordre et l'harmonie n'ont pas encore succédé à la confusion; la crise n'est pas encore arrivée à sa fin; toujours encore il y a des éléments contradictoires qui fermentent aussi bien dans l'Église protestante que dans l'Église catholique : les uns cherchent leur salut dans un retour absolu à des formes ou à des formules aux-quelles toute raison éclairée doit refuser son adhé-sion ; les autres se croient religieux quand ils s'a-bandonnent aux vagues élans de leur sentiment ou aux rêveries mystiques de leur imagination ; ils font consister leur piété en soupirs et en paroles sans profondeur ; ou bien ils appellent du nom de reli-gion je ne sais quelle tendance panthéiste, dont ra-rement sans doute ils ne peuvent eux-mêmes se rendre raison. Chacun, en un mot, veut être reli-gieux et même chrétien à sa manière, et comme la mode correspond assez souvent à un besoin d'une époque, elle exige aujourd'hui qu'on fasse profes-sion d'une religion. Mais toutes ces religions indi-viduelles, toutes ces religions de boudoir, comme un homme d'esprit les a appelées[1], n'ont qu'un seul mérite elles attestent d'un côté le réveil du sentiment religieux, de l'autre, l'insuffisance d'une civilisation qui, pour satisfaire aux besoins les plus intimes de l'homme, avait cru pouvoir se passer de Dieu.

Tel est aujourd'hui l'état des esprits en France ; d'un côté une civilisation très-avancée, un dévelop-

[1] M. Dubois, séance de la Chambre des députés du 21 avril 1838.

pement scientifique remarquable, et de l'autre des efforts pour retourner à Dieu, mais une confusion extrême dans les idées religieuses.

En Allemagne la situation n'est pas tout à fait la même. Au lieu qu'en France on essaye de reconstruire l'édifice religieux, on se donne çà et là en Allemagne de la peine pour l'ébranler. Les armes dont on se sert à cet effet ne sont pas la raillerie ou des raisonnements superficiels; on les emprunte à la science sérieuse; on prend à son service la réflexion et l'érudition, et en partant d'une philosophie très-profonde on combat dialectiquement, non pas la religion en elle-même, mais tout ce que la révélation chrétienne a de positif et de réel. L'on comprend sans peine, qu'en dépouillant le christianisme de sa réalité historique, et en lui ôtant ainsi un de ses principaux caractères, on le prive de sa plus puissante autorité.

Quelle doit donc être, après tout cela, la tâche du théologien convaincu de la religion et affligé des contradictions qui travaillent le monde? Comment, en un mot, remplit-il aujourd'hui sa mission? Sa tâche est de concilier les contradictions autant qu'il est en son pouvoir, d'apprendre aux hommes à discerner la vérité de l'erreur que certaines gens voudraient lui substituer, de veiller à la défense de la vérité religieuse, seule base réelle de toutes les autres, d'ajouter à une civilisation incomplète le complément dont elle a besoin, de proclamer enfin la véritable destination de l'homme, et la manière comment il trouve la paix de son âme. Quand il tâchera de faire ces choses, il remplira sa mission, il ne sera ni un prêtre, ni un simple érudit, ni un fonctionnaire, mais un véritable théologien.

Examinons maintenant ce qu'il doit savoir pour satisfaire aux exigences légitimes de notre époque, et comment à son tour il doit réagir sur elle, c'est-à-dire, comment il accomplit l'œuvre sociale dont il est chargé.

Toutes les études du théologien doivent avoir pour but Dieu, l'homme et les rapports mutuels que le christianisme établit entre eux. Ce sujet doit former, pour ainsi dire, le centre de toute sa vie intellectuelle, auquel viennent aboutir toutes ses réflexions. Il est à coup sûr le sujet le plus digne d'occuper la pensée humaine; rien ne saurait être plus important pour l'homme que de savoir quelle idée il doit se faire de cet Être suprême, dont sa conscience intime lui révèle l'existence; de savoir ensuite d'où il vient lui-même et où il va, et enfin, dans quels rapports il se trouve, comme créature intelligente et libre, à l'égard de Dieu. Il n'existe personne, sans doute, qui ne se soit jamais posé ces questions. Le théologien est chargé d'y répondre. Mais ces réponses, où les puise-t-il? On entend dire

quelquefois que l'Écriture sainte, lue avec un cœur
rempli de foi, est pleinement suffisante pour instruire
l'homme sur la nature de Dieu et sur ce qu'il est
lui-même. Sans doute l'Écriture est le fondement
de toute véritable religion comme de toute théologie; elle contient tout ce que nous avons besoin
de savoir pour bien vivre; celui qui s'en écarte, se
perd dans les labyrinthes d'une spéculation dépourvue de base, ou d'une imagination déréglée. Mais la
base n'est pas encore l'édifice : l'Écriture sainte n'est
pas destinée à rendre superflue toute réflexion ulté-
rieure; loin d'arrêter la pensée humaine, dont la loi
est le développement progressif, elle veut en 'quelque sorte lui servir de phare pour qu'elle ne s'égare
point, et pour qu'elle sache toujours où est le port
du salut. Quiconque se croirait théologien, en ne
lisant autre chose que la Bible, et il y a même des
gens qui se contenteraient d'une version réputée
inspirée, en dédaignant tout autre genre d'études,
en repoussant les résultats des méditations des autres, et en négligeant de s'informer comment les
hommes vivent entre eux, comment ils sont arrivés
au point où ils sont, comment enfin il faut envisager
la nature extérieure, ne produirait sans doute qu'une
théologie bien étrange. Il pourrait être un homme
très-religieux, un croyant très-convaincu, très-
fidèle, mais il ne serait pas un théologien; sa théologie ne reposerait que sur la doctrine de l'inspira-

tion littérale des saints livres, et par conséquent sur un fondement dont la solidité n'est guère éprouvée.

La Bible ne nous donne pas tout l'homme; elle le présente, il est vrai, à grands traits, dans ses rapports les plus variés; elle a des enseignements profonds sur les mystères de sa nature, sur ses devoirs, sur sa destination et sa fin. Mais tantôt elle ne trace que des ébauches, tantôt elle ne donne qu'un homme d'une certaine localité et d'une certaine époque; en un mot, elle n'achève pas la description de son être, tant sous le rapport intellectuel que sous le rapport physique. C'est ce qu'elle a abandonné à l'esprit humain lui-même; elle l'a envoyé à la découverte en lui disant : cherche, et tu trouveras. La philosophie et l'histoire sont ainsi les compléments nécessaires de l'Écriture, non pas pour la contredire ou pour l'interpréter arbitrairement, mais pour l'appuyer de leurs résultats, et pour élever la théologie au principal rang parmi les sciences. La théologie repose sur la Bible : elle réclame une foi sincère; mais elle veut encore autre chose, elle veut des connaissances, auxquelles la foi, quelque ferme qu'elle soit, ne peut jamais suppléer. Le théologien doit être un homme de science; et l'obligation d'augmenter le cercle de ses connaissances devient plus pressante à mesure que le savoir humain gagne en étendue. A une époque comme la nôtre, où l'arbre de la science pousse à toute heure des branches nouvelles, où avec une

ardeur inaccoutumée les esprits se livrent à des in-
vestigations laborieuses, où tout est soumis à un
examen scientifique sérieux, à une pareille époque
le savoir du théologien demeure incomplet, quand
il n'y ajoute pas les grands résultats de toutes ces
recherches qui, au premier coup d'œil, pourraient
sembler étrangères à son sujet, mais dont un regard
plus exercé aperçoit aisément les points de contact
avec la science de Dieu et de l'homme. Le temps
n'est plus où l'on s'imaginait que la théologie peut
se passer de toute connaissance qui ne la touche
pas immédiatement, et qu'elle peut marcher seule,
sans avoir besoin d'emprunter d'ailleurs, comme
autant de lemmes indispensables, tantôt des principes, tantôt des observations ou des spéculations,
soit pour expliquer la nature physique ou morale
de l'homme, soit pour compléter la notion de Dieu,
soit pour appuyer enfin de faits historiques certaines
vérités du christianisme, et même pour interpréter
les Écritures. Ce temps est heureusement passé; les
théologiens commencent à comprendre qu'il y a des
intérêts plus graves, plus réels à défendre que l'au-
thenticité de tel chapitre ou de tel verset, et que
les disputes sur une variante ou un accent sont au
moins fort oiseuses. La vérité et la réalité du christianisme ne dépendent plus de quelques chapitres
attribués à Ésaïe ou d'une épître atribuée à Pierre;
quand le sentiment religieux a trouvé dans l'Évan-

gile la seule satisfaction possible de son besoin de
foi et de rédemption, quand la réflexion philosophique s'est convaincue du caractère rationnel du
christianisme, et qu'elle a trouvé dans les événements de l'histoire, dans les destinées des nations
comme des individus, des témoignages éclatants de
sa puissance, les querelles grammaticales n'ont plus
qu'une importance tout à fait secondaire, et doivent
céder à des matières bien autrement graves. Toutefois, qu'on ne s'imagine pas que, par ce que nous
venons de dire, nous voulions diminuer l'importance
de l'exégèse et de la critique; à Dieu ne plaise que nous
voulions soutenir une hérésie aussi absurde! L'exégèse et la critique sont à nos yeux des sciences pré-
paratoires, sans lesquelles il n'y a pas de véritable
théologie possible; c'est par elles qu'il faut com-
mencer pour fixer le canon de notre foi, pour ôter
à certaines doctrines leurs prétendus appuis; elles
ont rendu d'éminents services à la théologie, qui
sans elles serait livrée à tous les caprices d'une in-
terprétation arbitraire, ou retenue dans les chaînes
de l'inspiration littérale des moindres accidents du
texte. Mais elles ne suffisent pas pour constituer la
théologie, aujourd'hui surtout qu'une nouvelle ère
semble se préparer pour cette science.

Dans les universités du moyen âge, et encore
aujourd'hui dans celles de l'Allemagne, la théologie
est la première dans l'ordre des facultés; mais que

lui sert-il d'être nommée avant ses sœurs, de marcher en tête dans les solennités académiques, quand
elle n'est pas en effet la première des sciences? Il
faut lui rendre aujourd'hui le rang que nos pères,
bien souvent plus religieux que nous, lui avaient
assigné; il faut que de nouveau le théologien fasse
respecter son nom, et exerce cette influence à laquelle, dans les temps passés, il a dû d'être placé en
première ligne. A cet effet, il ne doit pas se restreindre
à ce qu'il est strictement tenu de savoir; il doit tendre
au delà du cycle ordinaire des études théologiques
spéciales : pour se placer à la hauteur de la civilisation et pour marcher à la tête des autres sciences,
il faut qu'il connaisse ces dernières, ou du moins
celles qui peuvent lui fournir des données pour la
solution des grands problèmes dont il s'occupe.
Nous sommes loin de dire qu'il doive les connaître
dans tous leurs détails : ce serait exiger l'impossible;
au degré de développement où elles sont arrivées
aujourd'hui, une vie d'homme suffit à peine pour
en approfondir une branche isolée. Mais ce que le
théologien *peut* faire et ce qu'il *doit* faire pour remplir la mission que les temps modernes lui imposent,
c'est de se procurer une connaissance exacte des
grands résultats, ainsi que des principes généraux,
des autres sciences, afin qu'il puisse s'élever assez
haut pour les embrasser dans leur ensemble d'un
coup d'œil assuré; il doit les suivre avec attention

dans leurs progrès, pour que rien de ce qui pourrait lui servir ne lui échappe; il doit enregistrer dans son grand livre tout ce que les découvertes des savants contiennent d'important pour l'histoire de l'homme, et les méditations des philosophes de sublime sur la nature de Dieu : toute observation, toute conception nouvelle doit être à ses yeux un tribut que les autres sciences viennent déposer aux pieds de la science divine, et élargissant de plus en plus son horizon, il doit former, pour ainsi dire, de la théologie une science universelle, qui donne à toutes les autres leur prix en les rapportant à Dieu, et qui trouve un lien pour les unir, un principe pour les concilier. .

L'on comprend sans peine qu'il est des sciences qu'on ne pourrait mettre en rapport avec la théologie que d'une manière forcée : aussi avons-nous fait observer déjà que nous n'entendons parler que de celles dont nous puissions attendre des données ou des corollaires pour la solution de nos problèmes. Cependant il n'est que bien peu de sciences qui ne contribuent de quelque manière à enrichir le savoir théologique de leurs résultats. Celles dont nous regardons l'étude comme indispensable aujourd'hui, sont les sciences philosophiques, les sciences historiques, et, jusqu'à un certain point même, les sciences naturelles. Notre civilisation exige de tout homme instruit qu'il soit versé dans ces connaissances; à plus forte raison le théologien doit-il les connaître, lui qui a la mission de compléter, de parfaire l'éducation des hommes, en leur enseignant à trouver Dieu en toutes choses, et à donner à leurs entreprises une fin et une portée religieuses.

———

La philosophie s'occupe des mêmes sujets que la théologie; les deux sciences cultivent le même champ: elles ne diffèrent que dans le choix du point de départ et des moyens qu'elles emploient; quelquefois elles se rencontrent d'une manière hostile, quand l'une ou l'autre dévie de son vrai chemin; mais finalement elles doivent se rencontrer au même but, et leurs résultats doivent plus ou moins coïncider.

On peut dire que la philosophie est l'évolution de la pensée humaine par elle-même, et que ses résultats diffèrent selon le point d'où elle part pour entreprendre ses spéculations ou pour se livrer à ses expériences. Tantôt elle prétend se fonder sur les phénomènes du monde extérieur, tantôt sur les faits de la conscience; tantôt elle part du moi humain, tantôt de l'Être infini; en dernier lieu elle a choisi pour base l'idée absolue dans sa plus grande universalité. Souvent elle s'égare dans ses recherches; ce qui hier encore lui paraissait être la vérité, elle le rejette aujourd'hui comme ne lui suffisant plus. La théologie ne peut pas choisir aussi arbitrairement le point de son départ; elle ne peut pas s'écarter de sa base, sans renoncer à son caractère : cette base positive et réelle est la révélation chrétienne, identique avec la vérité religieuse. Il est vrai que dans la théologie les opinions sont aussi très-divisées, et que les systèmes dogmatiques sont presque aussi nombreux que les systèmes de philosophie; mais cela tient à la nature même de notre esprit; et aussi longtemps que les vérités fondamentales du christianisme ne sont pas contestées, il n'y a pas de danger quand chacun envisage le reste à sa manière ou vit de sa propre foi. Si on prétendait le contraire, on exclurait le théologien du mouvement intellectuel de l'humanité : il n'aurait aucune part aux découvertes de cette dernière, et sa science serait réduite à une affaire de mémoire et de tradition, demeurant stationnaire au milieu du progrès universel. Mais il n'en est pas ainsi; de tout temps, et souvent malgré elle, la théologie a suivi le développement progressif et continu de l'esprit humain : celui qui veut s'en séparer, se prive d'un des plus puissants moyens d'autorité, et abdique sa mission. La philosophie et la théologie d'une époque sont toujours dans des rapports de parenté très-intimes; les systèmes philosophiques portent plus ou moins le cachet des tendances ou des besoins religieux contemporains : ils se reflètent à leur tour non-seulement dans la dogmatique, mais influent sur toute la manière d'envisager et de traiter les sciences théologiques. Il y a une réaction perpétuelle, une connexité étroite entre les deux parties; la séquestration de l'une au profit de l'autre est une chose absolument impossible; aussi ne les comprend-on que lorsqu'on les considère dans leurs rapports réciproques : le développement historique de la théologie surtout ne nous devient intelligible qu'à la lumière de la philosophie. Le néoplatonisme a été le produit d'un besoin religieux fortement excité par les calamités qui accompagnèrent la chute de la société antique; par une réaction inévitable, l'influence des doctrines platoniciennes se retrouve à chaque pas dans la théologie alexandrine. Au moyen âge, ceux qui voulaient philosopher n'ont pu le faire qu'en se soumettant à l'autorité de l'Église. De là cette scolastique curieuse, qui a dû être à la fois théologie et philosophie, et qui a travaillé pendant des siècles à mettre d'accord Aristote et l'orthodoxie catholique. A une époque plus rapprochée de nous, il y a eu une théologie selon les principes de Wolf, et plus tard selon ceux de Kant. Jamais enfin la réaction mutuelle des deux sciences n'a été plus manifeste ni plus étendue qu'aujourd'hui; d'un côté, l'école de Hegel, et de l'autre, celle de Schelling, essayent chacune, pour son propre compte, de créer une théologie appelée spéculative.

On ne comprend donc la théologie que lorsque

l'on connaît les systèmes philosophiques qui ont cours à une certaine époque; c'est cette connaissance seule qui nous met à même de nous rendre raison de l'apparition de la plupart des systèmes dogmatiques. La dogmatique que nous considérons comme la philosophie de la théologie, c'est-à-dire comme la *science* de la foi religieuse, se ressent toujours de l'influence de ces systèmes. Sans Kant, qui n'a été que le produit d'une époque avide de critique, il est douteux que le rationalisme eût pris tant de développement. Schleiermacher, Marheinecke, Hase, De Wette, attestent également la vérité de notre assertion; M. Bautain même, qui a voulu présenter le catholicisme comme seule philosophie réelle, n'a pu s'empêcher d'y mêler quelques souvenirs des spéculations du siècle. Ce n'est pas que le théologien doive être un philosophe, ou s'imaginer que la vérité ne peut se trouver que par une dialectique plus ou moins subtile; les deux ordres sont essentiellement distincts, quoiqu'ils se touchent en beaucoup de points. Mais ce qui est indispensable pour le théologien, tant qu'il veut conserver à sa science le rang parmi les autres, c'est qu'il connaisse la philosophie, qu'il sache où en est la pensée humaine indépendante, qu'il examine au flambeau de la religion les résultats qu'elle lui offre, et qu'à son tour il éclaire sa foi des rayons de vérité trouvés par la philosophie.

A cette obligation générale de suivre la marche

de la philosophie, s'en joint pour le théologien une autre, qui, de nos jours, au lieu d'avoir perdu de son importance, semble devenir de plus en plus pressante. C'est l'obligation de se familiariser avec la philosophie dans un intérêt apologétique. De tous temps les attaques les plus hardies ont été dirigées contre la religion par des penseurs égarés dans des réflexions imparfaites ou retenus par de fausses préventions. Aujourd'hui, c'est moins à la religion en elle-même que la philosophie déclare la guerre; car la tendance de notre époque est éminemment religieuse : tous les systèmes le reconnaissent et portent l'empreinte de ce besoin universel. Mais on est hostile à la *forme* du christianisme; on met en doute son caractère positif; on va jusqu'à vouloir lui ravir sa valeur historique, afin de substituer à son autorité l'autorité de la pensée humaine, et d'abandonner chacun à sa propre subjectivité. Le matérialisme qui a voulu répudier le christianisme comme n'étant pas de ce monde, et qui, au nom de je ne sais quel progrès social, n'a pas rougi de réclamer à haute voix la réhabilitation de la chair, cette doctrine indigne semble être à sa dernière heure; les esprits, qu'elle avait un instant fascinés, reculent pleins d'horreur devant ses funestes conséquences : de toutes parts on s'accorde à proclamer la beauté, la noblesse, la divinité de l'Évangile; mais, chose étrange, on n'a pas encore assez de courage pour l'accepter franchement le doute a encore trop de puissance sur les âmes, et on préfère un Évangile privé de réalité, idéalisé, comme on l'appelle, à cet Évangile plein de vie que nous possédons dans l'Écriture. Un système philosophique a paru dans les derniers temps grandiose dans ses proportions, et se proclamant le dernier terme de l'évolution de la pensée humaine, le dernier mot de toute philosophie; ce système s'est annoncé de plus comme identique avec la vérité chrétienne, et beaucoup s'occupent d'en appliquer les principes à la théologie. Mais quand on y regarde de plus près, le christianisme, du moins tel que nous l'entendons, n'est plus possible avec le système de Hegel. Hegel veut réconcilier la philosophie avec la religion, en saisissant le contenu de cette dernière par la notion spéculative, en unissant l'esprit divin et l'esprit humain dans l'unité de l'esprit absolu, et en ne considérant plus Jésus-Christ comme un être historique, mais comme la représentation d'une *idée*, à laquelle seule il convient d'attribuer de la réalité. On le voit, dans ce système le contenu historique, réel, positif de l'Évangile s'évapore, et ce qui reste, ce ne sont que des notions, des idées tellement subtiles, qu'elles échappent constamment à la raison qui s'efforce de les saisir.

L'application de ce système à la théologie a trouvé son apogée dans un ouvrage où l'histoire est complétement sacrifiée à la dialectique, et où les événements de la vie du Seigneur sont tous changés en simples mythes. Cet ouvrage est la *Vie de Jésus-Christ*, par le théologien Strauss. Suivant cet auteur les récits des Évangélistes ne sont autre chose que des enveloppes mythiques d'idées chrétiennes primitives, des légendes inventées par la croyance naïve des premiers siècles, incapables encore de saisir l'idée dépourvue de forme et présentée dans sa nudité absolue. Ce n'est pas ici le lieu d'alléguer des arguments contre un système et une méthode qui produisent de pareils résultats, et qu'on peut comparer à des agents chimiques dissolvant en fumée tout ce qui a quelque consistance. D'ailleurs la chose est trop grave pour pouvoir être traitée en quelques lignes; la philosophie de Hegel est trop conséquente en elle-même, pour que deux ou trois pages suffisent à sa réfutation. Nous nous contentons d'avoir indiqué l'influence qu'elle exerce sur la théologie, et sous laquelle on a déjà attaqué plusieurs de nos dogmes fondamentaux. La philosophie allemande a soumis au scalpel de sa dialectique habile et inexorable des doctrines que depuis des siècles on avait regardées comme les plus essentielles des vérités religieuses, qui avaient consolé mainte et mainte génération, et qui étaient toujours sorties victorieuses des luttes contre les sophismes des incrédules ou les raisonnements des philosophes. C'est ainsi qu'on a remis en question l'immortalité de l'âme humaine, la personnalité de Dieu indépendant de l'univers, et comme nous l'avons déjà remarqué, l'existence réelle de Jésus-Christ, ou du moins la réalité de son œuvre. On a dit que l'âme, portion de l'absolu, y rentrait après la mort, sans conserver la moindre conscience de son individualité; on a représenté comme une rêverie mesquine la doctrine d'une immortalité de l'individu emportant dans l'autre vie le souvenir de ses œuvres et de ses affections; pour échapper au dualisme de deux réalités, on a appelé Dieu le sujet absolu, qui, étant seul réel, doit nécessairement contenir en lui l'univers. Les philosophes de cette école ont néanmoins constamment protesté de leur adhésion au christianisme; ils se sont donné une peine infinie pour façonner la théologie à leurs principes, et ils sont allés jusqu'à s'enrôler sous les drapeaux de l'orthodoxie luthérienne. Dans l'arsenal de leur dialectique et de leur métaphysique, ils ont trouvé des explications pour tous les dogmes; Gœschel, par exemple, pour expliquer la Trinité, dit que le *Père* est l'être absolu comme substance, ou *Dieu en soi* (das an sich Gottes), que le *Fils* est l'être absolu comme sujet, ou *Dieu pour soi* (das für sich Gottes), et que le Saint-Esprit enfin est l'unité de la substance, ou l'identité de l'objet et du sujet, ou *Dieu en et pour soi* (das an und für sich Gottes).

En présence de pareils résultats, à une époque où

la philosophie est devenue une puissance aussi formi-
dable, il n'est plus permis au théologien, sous peine
d'abdiquer son rang et de perdre son autorité, de
demeurer étranger au mouvement philosophique.
D'un côté, on vient lui offrir des arguments à l'appui
de plusieurs de ses dogmes, tandis que de l'autre on
essaye de détruire jusqu'aux fondements de sa science.
Il faut donc qu'il connaisse un système qui annonce
de pareilles prétentions; et comme ce système n'est
pas le produit immédiat d'une époque isolée, mais
un anneau dans cette chaîne des spéculations philosophiques, qui s'étend à travers les siècles, le
théologien doit avoir connaissance de toute la série
de ces spéculations, du moins dans leur grand ensemble et dans les phases décisives de leur histoire.
Ou bien comment ferait-il l'apologie du christianisme exposé à des doutes, s'il ignore d'où ces
doutes proviennent? Comment en soutiendrait-il
la réalité attaquée par d'habiles dialecticiens, s'il ne
connaît pas les armes dont ils se servent, et s'il n'est
pas lui-même exercé à les manier?

Qu'on ne pense pas du reste qu'une connaissance
superficielle ou sommaire soit suffisante à cet effet :
tel se croit philosophe qui a logé dans sa mémoire
un certain nombre de formules, ou qui sait con-
struire adroitement un syllogisme, mais qui n'est tout
au plus qu'un sophiste. Mieux vaut ignorer la philosophie, que de ne la connaître qu'imparfaitement.

Que si l'on nous objecte que tout homme n'est pas doué d'un sens philosophique, et qu'il y a eu des théologiens très-zélés, mais peu savants en philo-sophie, nous l'accordons, et nous le répétons, le théologien ne doit pas être un philosophe; tout ce que nous exigeons de lui, c'est qu'il ne néglige pas une étude dont l'importance augmente de jour en jour, et dont nous avons essayé de démontrer en peu de mots la nécessité.

Car quel est le sort du théologien qui s'obstine à ignorer la philosophie? Il devient exclusif dans ses opinions, son point de vue demeure borné; il ne sait rien d'un des plus magnifiques développements de la pensée humaine, qu'on peut désapprouver dans certains de ses résultats, mais qui n'en reste. pas moins admirable comme manifestation de la puissance indépendante de notre esprit. Un peu de philosophie, a dit le chancelier Bacon, mène à l'incrédulité; mais cela mène aussi au mépris de la philosophie elle-même, et en général de toute espèce de science : c'est la cause pourquoi le mysticisme refuse à la science toute autorité en matière de religion. De plus, cela peut mener à des erreurs théologiques très-dangereuses, à l'introduction dans le christianisme de doctrines tour à tour absurdes ou bizarres. L'année 1837 vit paraître deux théologiens qui, se fondant sur une métaphysique aussi fausse que leur exégèse, renouvelèrent l'ancienne théorie

28

manichéenne de deux principes[1]; cela ne vient-il pas
corroborer notre assertion, qu'aujourd'hui plus que
jamais le théologien a besoin de fortes études philosophiques?

Ainsi la philosophie et la théologie, et spécialement la dogmatique, doivent s'accompagner, s'aider
mutuellement; il faut éviter seulement qu'elles se
mêlent, ou que l'une soit placée dans une dépendance absolue de l'autre. Il est difficile, à la vérité,
de se tenir tellement à l'abri du contact avec la
philosophie que l'élaboration scientifique de la théologie ne s'en ressente pas, comme il est difficile pour
le philosophe de se placer tout à fait hors de la
sphère d'activité des tendances religieuses de son
époque. Mais malgré cela, les deux sciences doivent
subsister l'une à côté de l'autre, sauf à ne jamais se
perdre de vue. Hegel dit avec raison que la religion
peut exister sans philosophie; mais la théologie, ce
nous semble, ne peut pas exister sans elle, aussi
peu que la philosophie véritable est possible sans la
doctrine d'un Dieu. La théologie aurait tort d'exiger
que l'on renonce à la philosophie, comme à une
chose purement humaine, ou de la faire descendre
au rang de sa servante, de son *ancilla*, comme on

---

1 Diestel, *Schönherr's Princip der beiden Urwesen, als die
nothwendige und unabweisbare Grundlage wahrer Philosophie.*
Leipzig, 1837; in-8.° — Ebel, *Der Schlüssel zur Erkenntniss
der Wahrheit,* etc., ibid.

disait au moyen âge. Mais touté philosophie qui ne
reconnaît pas un Dieu distinct et créateur de l'univers, qui conteste à l'âme humaine sa personnàlité,
et qui n'admet de réel que ce qu'elle appelle l'idée
absolue, toute philosophie de ce genre ne peut
jamais prétendre à une alliance sincère avec le christianisme. On voudrait essayer aujourd'hui de donner à ce dernier une couleur panthéiste; mais la
théologie dite spéculative qui en résulte, n'est plus
la théologie chrétienne de l'Évangile. Les circonstances sont donc graves pour le théologien qui
comprend la gravité de sa mission; il ne doit pas
étudier la philosophie dans un simple intérêt de
curiosité, mais tout spécialement pour étudier l'esprit qui anime ses contemporains. Car, encore une
fois, toute philosophie est l'expression de la pensée,
de l'esprit réfléchi de son époque.

Il est inutile d'entrer dans des détails relativement
aux différentes parties de la philosophie : elles ont
toutes une égale importance pour le théologien, la
logique aussi bien que la psychologie, la métaphysique aussi bien que la morale, etc. Cette dernière
surtout est dans une connexion intime avec la religion; ou plutôt, toute morale qui choisit son principe
suprême ailleurs que dans le christianisme, ne peut
reposer que sur des hypothèses arbitraires, ou conduire à des résultats insuffisants pour épuiser les
besoins de l'homme.

Mais quand même dans la doctrine des droits
et des devoirs, comme dans toutes les autres
doctrines, la religion possède la vérité que la
philosophie ne fait que chercher[1], l'étude des
efforts que l'esprit humain a faits pour arriver à
travers des peines et des douleurs sans nombre à
ce noble but, n'est pas seulement un devoir sacré,
elle est en même temps une source inépuisable
de jouissances intellectuelles. Nulle part la puissance et la dignité de cet esprit ne se manifestent
avec plus d'éclat, nulle part il n'apparaît sous des
proportions plus sublimes, au milieu même de
ses erreurs, que dans ce pèlerinage pénible qu'il
poursuit infatigablement à travers les siècles, pour
découvrir par lui-même la vérité cachée de l'Infini. Aujourd'hui il croit avoir atteint le but, et
avec orgueil il proclame son triomphe. Que le
théologien qui veut parler aux hommes de la
nécessité d'une révélation supérieure, sache donc
jusqu'où les peut conduire leur pensée indépendante ; qu'il s'intéresse au mouvement philosophique de son époque, et qu'il connaisse les questions qui y sont agitées avec le plus d'ardeur, afin
de se placer à la hauteur de son siècle, d'influer
avec puissance sur les hommes de sa génération,

---

1 *Philosophia quærit, religio possidet veritatem,* dit Pic de
la Mirandole.

et d'accomplir dignement la haute mission que les temps modernes lui imposent.

Le théologien qui s'occupe de l'homme et qui s'adresse à lui, doit le connaître. Ni la philosophie, ni la Bible ne lui en fournissent une connaissance qui pût rendre superflu tout autre genre d'étude. L'homme des philosophes n'est que trop souvent un être imaginaire, composé d'abstractions, qui tantôt le dégradent, et tantôt l'exaltent outre mesure. Quand la philosophie méconnaît la connexité intime du fait et de l'idée, quand elle refuse l'assistance de l'observation, elle se laisse entraîner facilement à de vaines théories. La Bible de son côté amène devant nos regards l'homme réel, avec ses passions et ses besoins de tous les temps; toutefois elle ne le montre souvent que dans des relations trop spéciales. pour pouvoir fournir une mesure invariable; de plus, l'humanité a vécu près de dix-huit siècles depuis la rédaction des derniers livres de l'Écriture; elle a vécu du christianisme, et a pris un développement qui diffère en tout sens de l'état des hommes du temps d'Auguste et de ses premiers successeurs. Or c'est l'histoire qui raconte cette vie de l'humanité; elle en est, pour ainsi dire, la grande biographie. Donc, pour connaître l'homme sous toutes ses faces, il faut ajouter à l'étude des Écritures et de la philosophie celle du livre de l'histoire. Ce n'est qu'alors que le théologien connaîtra l'homme tout entier, et qu'il sera en état de compléter et d'éclaircir sa science, en consolidant en même temps sa foi.

On a dit que l'homme reste toujours le même, qu'il n'avance en aucune manière vers le bien, qu'au lieu de devenir meilleur, il augmente même le nombre de ses vices, et que son histoire n'est qu'une horrible suite de crimes et de forfaits. On est allé plus loin, et on a cru voir l'humanité tout entière tourner dans un cercle fatal, avançant quelquefois vers une circonférence plus lumineuse, pour retomber aussitôt vers un centre obscur de barbarie complète; ce que nous regardons comme la civilisation, a été appelé par d'autres dégénération et corruption. Mais que devient le sens profond de l'histoire et toute l'économie du christianisme dans un système d'aussi sinistre augure? Que devient la parole du Maître : « il n'y aura un jour qu'un seul troupeau avec un seul pasteur ? » Quand il est vrai que l'humanité demeure toujours au même degré d'imperfection par rapport à sa nature morale — car on veut bien accorder ses progrès dans les autres directions — le théologien chrétien n'a plus de mission à remplir; ce qu'il fait aujourd'hui, le lendemain le détruira, et l'exemple de la génération à laquelle il croyait avoir enseigné les voies du salut, est stérile pour

celle qui suit. Sans doute c'est une chose profondé-
ment triste, quand on fait la supputation des bons
et des méchants parmi les hommes, et que la somme
des derniers semble encore toujours prépondérante;
le théologien, ainsi que tout homme de bien, est
affligé, quand ses efforts, soutenus avec zèle et avec
amour, demeurent quelquefois sans succès; son cœur
se serre, quand il entend les plaintes qui retentis-
sent à travers tous les siècles, quand il porte ses
regards sur le spectacle tragique des ruines qui partout jonchent le sol; mais néanmoins il ne désespère
point de l'humanité; car au milieu des plaintes des
générations passées, il démêle une autre voix qui
dit : « Marchez, je serai avec vous jusqu'à la fin du
monde; » et cette voix est pour lui l'oracle de l'histoire, la clef du mystère des destinées humaines.
Au lieu de se désoler, il trouve dans l'histoire les
enseignements dont elle abonde; il voit marcher le
genre humain à travers des mers et des déserts vers
une terre promise dont le Christ a marqué le chemin,
et il retourne avec confiance à l'accomplissement de
son œuvre.

Ce qui dessille ainsi ses yeux, c'est l'étude sérieuse
de l'histoire des hommes. Alors le christianisme lui-
même ne lui apparaît plus comme une institution
stationnaire, en quelque sorte comme un monument
immobile élevé en Palestine; mais comme une chose
éternelle et vivante, accompagnant, guidant, pro-

tégeant l'humanité dans sa marche, et contenant en
lui les conditions des progrès les plus étendus. Le
christianisme a son histoire, non-seulement comme
institution, mais aussi comme doctrine; l'Église est
en quelque sorte le corps, la doctrine est l'esprit;
tous les deux se pénètrent intimement; ils ont grandi
et lutté ensemble, et ont par conséquent chacun son
histoire vivante et réelle.

Il serait superflu d'insister sur le devoir du théologien d'étudier cette histoire du christianisme; cette
étude est une des principales parties de son savoir;
on en a reconnu l'importance dans tous les temps.
Il semble pourtant que dans les controverses théologiques de nos jours, l'histoire soit appelée à jouer
un rôle bien plus significatif que jusqu'ici, et à
contribuer essentiellement à la solution de beaucoup de problèmes. On ne comprend en aucune
manière l'état actuel de la théologie, quand on n'a
pas suivi l'Église dans son évolution, dans son
déploiement successif, dans sa lutte avec les puissances opposées. Il faut savoir comment les institutions et les dogmes se sont établis, jusqu'à quel
point ils ont répondu aux besoins religieux d'une
époque, en quels rapports ils ont été avec les
tendances philosophiques contemporaines, et par
quelles raisons on les a quelquefois en partie aban-
donnés. Tel dogme, auquel pendant des siècles personne n'a osé toucher sous peine d'hérésie, s'est

évanoui à la première approche du flambeau de l'histoire.

Il y a eu des époques où une connaissance approfondie de l'histoire, et même de l'histoire ecclésiastique, a pu être d'une nécessité moins rigoureuse pour le théologien que de nos jours; mais aujourd'hui que les études historiques sont poussées de toutes parts avec une vigueur extraordinaire, et que les fouilles faites dans le passé en retirent tous les jours des faits inconnus jusqu'à présent et servant à l'intelligence de ceux que nous connaissons déjà; aujourd'hui qu'on essaye d'ajouter une base historique aux principes rationnels de la plupart des sciences, il est indispensable pour le théologien d'entrer à son tour plus avant dans le domaine de l'histoire. Il ne lui suffit pas d'avoir fait une étude exclusive des destinées de l'Église ou des variations du dogme; le degré où en est aujourd'hui la science exige que, pour échapper au reproche de n'avoir considéré les choses que sous un point de vue étroit et d'une manière partiale, on unisse l'histoire profane à l'histoire ecclésiastique, et qu'on les envisage toutes les deux comme étant les compléments nécessaires l'une de l'autre; séparées, elles sont incomplètes, inintelligibles, pleines de lacunes et d'énigmes; mais ces lacunes se remplissent, et ces énigmes disparaissent, quand on se place assez haut pour voir les destinées de l'humanité moderne dans leur ensemble. Tout se

tient, dans l'ordre intellectuel comme dans l'ordre
naturel; tout y est lié par des rapports souvent
difficiles à découvrir, mais dont la découverte jette
quelquefois une lumière inattendue sur beaucoup
de phénomènes. La vie de l'humanité est essentiellement une, bien qu'elle se manifeste sous différentes
formes : on ne comprend l'histoire de l'Église qu'en
la mettant en rapport avec l'histoire politique des
peuples, avec l'histoire de leurs mœurs, de leurs
institutions, de leurs lois, de leur littérature, de
leur art; de même que d'un autre côté l'état social,
moral, littéraire des nations modernes est intimement lié à leur état religieux, et très souvent dé-
pendant de leurs institutions ecclésiastiques. Le
christianisme a été le principal agent dans la fer-
mentation d'où est sortie la civilisation moderne, et
il a lui-même subi, dans sa forme et dans son dogme,
l'influence continue de cette civilisation. Il est donc
en beaucoup de points une lettre close pour le
théologien, quand il ne connaît pas l'histoire,
quand il ne sait rien du développement progressif
de l'humanité, ou quand il n'en possède qu'une
connaissance fragmentaire, plutôt faite pour le désespérer que pour lui faire admirer les conseils de
la Providence. Le christianisme n'est pas un fait
isolé, ayant apparu subitement, sans préparation,
à l'horizon de l'histoire : les besoins sur lesquels il
se fonde ont été pressentis par l'antiquité tout en-

tière; ils sont exprimés dans les symboles et les pressentiments du paganisme, aussi bien que dans les prophéties et les espérances du peuple juif. Jésus-Christ n'arriva que lorsque les temps étaient accomplis; sa naissance marque la fin du monde antique et l'avénement d'une ère nouvelle; il est véritablement le pivot des temps. L'œuvre de la rédemption se poursuit toujours sans interruption; ses progrès sont lents, mais incontestables; et qui sait l'âge que Dieu réserve à l'humanité? Le christianisme est la véritable philosophie de l'histoire, et l'histoire, à son tour, rend témoignage de la puissance du christianisme par le récit des innombrables bienfaits que l'humanité lui doit. C'est une preuve d'une grande faiblesse d'esprit, quand aujourd'hui on veut lui contester cette action bienfaisante; ceux même qui dans les derniers temps demandaient une révélation nouvelle, avouaient que l'Évangile avait renouvelé le monde. Il ne peut donc plus être question d'une réfutation de sophismes semblables à ceux de Gibbon; néanmoins la théologie a plus que jamais besoin de s'associer à l'histoire pour la défense du christianisme. L'histoire est à cet effet sa meilleure auxiliaire. Elle dit à ceux qui doutent de l'efficacité de la religion chrétienne venez la reconnaître à ses fruits! et pour leur montrer ces fruits, elle n'a qu'à dérouler devant leurs yeux le tableau de la marche ascen-

dante de la civilisation chrétienne. Nous avons déjà
remarqué qu'une philosophie cherche à se faire
valoir, qui, tout en se disant identique avec le christianisme dans son contenu, réduit son histoire à des
traditions mythiques enveloppant quelques idées,
et ôtant au fondateur de notre religion son caractère
le plus essentiel. Contre un système qui s'annonce
avec de pareilles prétentions, il n'y a pas d'arme
plus puissante que l'histoire; et non-seulement l'histoire ecclésiastique — il la récuserait sans doute —
mais toute l'histoire de l'humanité avant et après
l'apparition du christianisme. Car, comment comprendre l'immense révolution qui a substitué à
une société très-artistement organisée une autre
tout à fait différente, ayant d'autres mœurs et d'autres lois, et envisageant toutes choses d'un autre
point de vue, si ce n'est par des faits bien réels?
Sans doute ce n'est pas la force brutale et matérielle
qui bouleversa le monde : c'est la puissance de ses
idées qui assura au christianisme son triomphe.
Mais ces idées n'ont pas pu se proclamer d'elles-
mêmes, et de plus, elles sont tellement contraires
à tout l'esprit antique, qu'elles n'ont pu être le
résultat de la réflexion philosophique ou théologique d'un ou de plusieurs individus; il faut donc
qu'elles aient eu une origine supérieure, qu'elles
aient été représentées, pour ainsi dire, par celui qui
les a introduites dans le monde et par ses disciples;

il faut qu'elles aient donné lieu à des faits incontestables, et que l'annonce en ait été accompagnée
d'événements positifs. Or, l'ensemble de ces faits et
de ces événements forme l'histoire évangélique,
ainsi que celle de la primitive Église, et la réalité
de cette histoire se trouve confirmée par tout l'état
de la société antique à cette époque. Si donc le
théologien veut sauver le caractère historique du
christianisme, il ne lui suffit pas de connaître la
philosophie qui le met en doute, et d'opposer à ces
doutes des arguments dialectiques; il est tenu aussi
de connaître l'histoire et d'en appeler les résultats
à l'aide de sa science. Quand il ne craint pas les
peines de ce travail, il en retirera de nobles jouissances et des fruits précieux. Le sphynx assis aux
portes du temple de l'humanité, lui épellera le mot
de son énigme; l'antiquité lui apparaîtra comme
une préparation à l'Évangile, et dans la suite des
temps modernes il reconnaîtra le développement de
plus en plus magnifique de la vérité chrétienne; il
ne niera plus la perfectibilité des hommes accomplis-
sant librement les fins de la Providence; et quand
au commencement de leur carrière la tradition lui
montre un Éden, il ose en placer un autre à la fin
des temps. Par l'intelligence du passé il sera initié
à l'intelligence du présent et de l'avenir; beaucoup,
il est vrai, lui demeurera encore voilé; mais il ne
s'en effrayera plus. Le théologien peut et doit se

procurer cette connaissance de Dieu dans l'histoire; il le doit surtout à une époque où les meilleurs de nos historiens donnent eux-mêmes une portée religieuse à leurs ouvrages. Outre l'intérêt apologétique attaché à ces études et les jouissances qu'elles lui procurent, le théologien apprendra d'autant mieux à apprécier l'état de ses contemporains, quand il saura par quelles phases auront passé leurs ancêtres, et comment ils sont arrivés eux-mêmes au point où il les trouve. Alors sa mission lui sera rendue plus facile; aux époques de calamité, de corruption ou de langueur il ne perdra plus courage; il redoublera d'efforts à mesure que les besoins intellectuels et moraux de ses contemporains deviendront plus pressants; car, instruit par l'histoire, il attendra de l'avenir la réalisation des promesses du Seigneur par rapport au règne de Dieu.

On pourrait s'étonner de ce que nous exigeons aussi du théologien la connaissance des principaux résultats des sciences naturelles. Mais outre que ces sciences sont dans un rapport très-intime avec la philosophie, comme ayant pour objet l'observation du monde fini et phénoménal, elles sont parvenues aujourd'hui à des découvertes que la théologie ne peut plus ignorer, sans se manquer à elle-même. Autrefois on se servait de ces sciences pour polémiser contre la religion; on croyait pouvoir y fonder le matérialisme et même l'athéisme; ou bien on les dirigeait contre la réalité de l'histoire évangélique, en s'efforçant de démontrer que dans cette histoire tout était contraire aux lois de la nature, et par conséquent aux lois de la raison. Aujourd'hui on revient généralement de ces préventions arbitraires et injustes, qui ne pouvaient se baser que sur une connaissance très-imparfaite de la nature.

A mesure que cette connaissance s'étend, Dieu nous apparaît davantage dans l'univers; chaque nouveau secret que nous arrachons à la création, au lieu de les ébranler, confirme les vérités religieuses; et l'histoire naturelle, dans son sens le plus large, devient une des plus puissantes auxiliaires de la religion. Elle ne fournit pas seulement des appuis à la foi, c'est aussi la science qui profite de ses résultats.

Nous ne parlerons pas des preuves cosmologiques et physico-théologiques, que la théologie puise dans l'harmonie et dans les merveilles de la création, pour démontrer l'existence de Dieu. Nous ne dirons rien des données fournies par la physique et l'astronomie, pour dévoiler certaines erreurs accréditées par d'anciennes traditions, et défendues encore çà et là par des théologiens plus attachés à la lettre morte qu'à l'esprit vivant de la science; ni des corollaires que l'observation anatomique de l'organisme humain

oppose à ceux qui enseignent que, sans sa chute,
le premier homme aurait joui de l'immortalité sur
la terre, et que la mort matérielle est une suite et
une punition du péché originel; ni enfin de l'intérêt général que l'étude de la nature présente au
théologien, quand il la considère d'un point de vue
religieux, comme une révélation de la grandeur divine, proclamée par le brin d'herbe et l'insecte qui
s'y repose, aussi bien que par les mondes roulant
dans l'immensité. Nous ne nous arrêterons ici qu'à
une science qui est encore jeune, mais qui promet
les résultats les plus extraordinaires, et sur laquelle
nous essayerons d'appeler l'attention du théologien.
Cette science est la géologie.

Nous avons dans notre science un chapitre par-
ticulier sur la création. Jusqu'à présent, on s'est
communément contenté d'y développer la tradition
de la Genèse, quand, malgré les arguments ou les
railleries que d'autres lui opposaient, on a cru devoir l'admettre. L'histoire primitive de la terre, ainsi
que de l'homme, est une des énigmes les plus pro-
fondes que Dieu ait proposées à notre curiosité;
malgré les ombres dont elle est entourée, nous
sentons un invincible besoin de remonter jusqu'à
l'origine de toutes choses, pour nous informer
d'où nous sommes venus, et de quelle manière la
terre qui nous porte a pris sa forme actuelle. Nous
serions encore réduits à prendre la Genèse à la

lettre, sauf à expliquer les jours de la création par autant de périodes plus ou moins longues; ou bien à substituer à l'hexaméron théologique des hypothèses, qui le plus souvent n'auraient d'autre mérite que d'être ingénieuses, si la découverte du monde anté-diluvien n'était venue soulever par un coin le voile du problème. L'histoire de notre globe est écrite dans les couches du terrain, dans les gisements des montagnes comme sur le fond des mers; elle est racontée par ces débris de races animales et végétales, qui sont dispersés sur toute la surface terrestre, soit dans les lits des fleuves, soit sur les sommets des montagnes. La science, étonnée de ces ruines d'une création successivement détruite, n'est encore qu'aux premières pages du livre sublime de l'histoire de la terre; mais déjà elle ose en entrevoir la suite   elle s'est hasardée de fixer approximativement les âges du globe; elle a dénommé et classé les monstres enfermés dans la pierre et dans les alluvions, elle a refait, pour ainsi dire, la création primitive, elle a élaboré des théories judicieuses et appuyées de faits incontestables sur les changements et les catastrophes auxquels a succédé l'état actuel; mais elle n'a encore trouvé aucun reste d'homme, auquel elle eût pu assigner indubitablement un âge aussi reculé qu'aux espèces animales perdues.

L'histoire de l'homme est étroitement liée à celle

de la terre. Comment et quand a-t-il été placé dans
le monde? Telle est la question qu'il doit se poser,
quand il passe en revue les découvertes que l'histoire naturelle fait tous les jours dans les régions
souterraines. On est heureusement revenu de ces
hypothèses qui, en faisant de l'homme primitif un
animal à quatre pieds, et en inscrivant, selon l'expression d'un auteur moderne, un singe dans sa
généalogie, dégradaient l'humanité sans expliquer
son origine. Mais bien que l'homme soit généralement regardé comme le dernier ouvrage du Créateur, on se demande encore toujours à quelle époque
de l'histoire de la terre appartient sa première apparition? N'est-il venu que lorsque les climats eurent
déjà été distribués, tels qu'ils le sont encore aujour-
d'hui, à un temps où l'agitation créatrice était déjà
suffisamment calmée, et où les continents avaient
déjà pris partout leur forme actuelle? Ou bien y a-t-
il encore eu des soulèvements et des affaissements de
terrains, et des variations de climats, quand l'homme
existait déjà, et avait déjà commencé à peupler la
terre? Comment ensuite expliquer la différence des
races qui remontent plus haut que tout souvenir
historique? Comment la concilier avec l'unité in-
contestable de l'espèce? Ce sont là des questions
auxquelles jadis on répondait par des raisonnements
à priori; mais les hypothèses n'y jettent aucune lumière; la géologie seule peut arriver un jour à les

éclaircir : elle est appelée à devenir une des sciences
les plus importantes ; c'est d'elle que l'anthropo-
logie, tant philosophique que théologique, em-
pruntera ses principaux fondements ; c'est elle qui
confirmera de plus en plus le sens de la tradition
mosaïque, en la représentant comme un premier
essai d'une sublime et poétique philosophie de
l'histoire ; c'est elle enfin qui aidera peut-être à ré-
soudre d'autres problèmes, se rattachant à ceux que
nous avons mentionnés, servant à leur tour de point
de départ à toute philosophie, et liés étroitement à
plusieurs dogmes théologiques. Ces problèmes sont
ceux de l'origine du langage et de l'état intellectuel
des premiers hommes ; ils ne semblent être dans
aucun rapport avec l'histoire de la terre, mais comme
la solution en dépend de la manière comment on
devra s'expliquer l'origine du genre humain, il est
probable que la lumière répandue sur cette origine
contribuera à dissiper les ténèbres dont ces questions sont enveloppées.

Si le passé de l'humanité est ainsi dans un rapport
indissoluble avec la vie terrestre, son avenir l'est
sans doute également. Comme elle n'a pu paraître
qu'à l'époque où la nature a été préparée pour la
recevoir, il est évident qu'elle devra s'approcher de
sa fin, dès qu'un jour elle ne trouvera plus sur la
terre les conditions indispensables de son existence.
Peut-être que la science, quand elle sera parvenue

à nous indiquer l'époque et le lieu où il faut placer
le berceau du genre humain, fixera un jour le temps
où la terre ne sera plus en état de porter des hommes,
et où elle ne sera plus bonne qu'à être l'immense
tombe des générations qu'elle avait nourries. Personne encore n'a pu calculer les périodes géologi-
ques; personne ne sait depuis combien de siècles la
terre est telle que nous la voyons: tous nos calculs
à ce sujet ne peuvent être que des conjectures ap-
proximatives, où il ne faut pas craindre de se trom-
per de quelques centaines d'années. Quant à la durée
réservée encore à la terre et à ses fils, qui oserait la
supputer? Tout ce qu'il nous est permis de deviner,
c'est que les vicissitudes qui amèneront la fin de la
création terrestre actuelle, seront peut-être en raison
inverse les mêmes que les phases de son origine.

Il est donc du devoir du théologien de suivre
dans ses progrès une science qui devra lui fournir
de jour en jour des résultats plus importants. Au
point où elle en est, elle a déjà fait des découvertes
dont le théologien pourrait s'effrayer, s'il négligeait
de les considérer dans leur ensemble, et s'il s'obsti-
nait à rester attaché au sens littéral de certains pas-
sages de l'Ancien Testament.

D'ailleurs, si le théologien ne retirait de l'étude des
sciences naturelles d'autre avantage que de mieux
comprendre les grandes harmonies de l'univers et
les lois éternelles qui le régissent, cet avantage ne

vaudrait-il pas quelques veilles et quelques travaux ?
Et n'oublions pas que l'esprit, plus il pénètre dans
les secrets ateliers de la création, et plus il s'aperçoit
combien la vie de l'homme et la vie de l'humanité
sont liées à la vie de la nature pour l'exécution des
plans de la Providence, moins il aura de répu-
gnance pour ce qu'il ne comprend pas, pour ce
que la religion appelle miracle. Il ne s'adressera plus
à la physique ou à la médecine, pour leur demander
tantôt une réfutation, tantôt une explication préten-
due naturelle des actes et des phénomènes extraordinaires qui ont accompagné l'introduction du
christianisme dans le monde. Il est réservé sans
doute à une science plus avancée de découvrir un
jour la dépendance de ces événements de lois éternelles; mais au degré où se trouvent aujourd'hui
nos connaissances, nous n'avons aucune classe
de phénomènes ordinaires dans laquelle nous puissions ranger les miracles; nous ignorons en même
temps jusqu'à quel point la volonté humaine peut
dominer la nature. Les miracles de Jésus-Christ
ne sont rien d'isolé ils font partie de ce grand
système de mesures prises par Dieu pour introduire
un nouvel ordre d'idées parmi les hommes détour-
nés de lui; ils ne peuvent être reconnus dans leur
réalité que du point de vue religieux, d'où l'on a
reconnu d'avance la nécessité d'une révélation et
d'une rédemption. Pour nous, les miracles sont des

actes qui, sans sortir de l'ordre éternel de l'univers,
sans lui être opposés, ne peuvent être expliqués
par aucune des lois connues; ils révèlent une com-
munication que Dieu fit à l'humanité, et qui ne
peut être dérivée du cours ordinaire de la nature. [1]
Avec les miracles tombe la véracité des Évangiles,
et par conséquent un des principaux caractères du
christianisme, son caractère historique. Mais la notion du miracle n'exige pas qu'il soit absolument
et à jamais incompréhensible pour nous; un jour
peut-être il nous sera donné de le comprendre dans
ses causes et dans son enchaînement avec l'ordre
universel. Le théologien est donc tenu, dans l'intérêt
même de sa religion, de s'informer de toutes les
découvertes que la science naturelle peut faire; car
s'il parvenait à démontrer l'accord des miracles avec
les lois du monde, l'apologie du christianisme lui
serait singulièrement facilitée, et ceux dont la raison
ne peut se faire à l'idée du miracle, n'auraient plus
rien à opposer à une religion dont l'auteur s'est trouvé
avec Dieu dans des rapports tellement intimes, que
celui-ci lui permit d'opérer selon des lois qui pendant tant de siècles encore devaient rester inconnues
aux hommes.

La théologie protestante reconnaît cette nécessité
de s'allier aux autres sciences, et de s'enrichir des

1 NEANDER, *Leben Jesu*, p. 254 et suiv.

résultats de leurs découvertes. Elle y voit une condition de ses propres progrès; car elle est elle-même
essentiellement une *science*, susceptible d'un développement indéfini. Un esprit vivant, progressif,
infatigable, l'anime et l'empêche de s'arrêter ou de
reculer. Elle a inscrit sur sa bannière la parole de
l'apôtre : Éprouvez toutes choses, et retenez ce qui
est bon. Ses yeux sont constamment ouverts sur ce
qui se passe autour d'elle; loin de craindre d'aller
au fond des choses, elle s'enquiert scrupuleusement
de tout ce qui lui semble toucher à son domaine.
L'Église protestante n'a pas élevé une barrière infran-
chissable entre la théologie et les autres études; elle
ne fait valoir d'autre autorité que celle de Jésus-
Christ et de ses apôtres, et ne repousse que ce qui
contredit ouvertement le type chrétien. On ne peut
pas nier que des théologiens protestants ne se soient
écartés parfois de ce type, poussés tantôt par le désir,
louable dans son principe, de tout soumettre à leur
raison, et de ne rien croire qui, au préalable, n'ait
été sanctionné par elle, tantôt par l'illusion contraire, contestant à l'esprit humain le droit comme
la faculté du libre examen. On s'est étayé de ces
aberrations pour reprocher au protestantisme de
dissoudre la religion par sa critique, et de laisser
périr le principe de l'unité au profit d'une vaine
érudition, ou de spéculations téméraires. Mais la
science comme telle doit être libre; elle n'a pas de

trésor plus précieux à défendre que cette liberté, élément vital, condition indispensable de son existence.

L'unité n'est pas mise en danger par cette liberté du mouvement scientifique; l'unité du protestantisme n'est pas une unité factice; c'est celle de la foi en Jésus-Christ comme envoyé de Dieu, et cette unité peut parfaitement subsister avec la différence des opinions philosophiques et même dogmatiques. Du reste, cette différence n'est pas moindre dans l'Église catholique, sujette, à coup sûr, à autant de variations que l'Église protestante. Mais cette dernière, loin de s'enfermer dans un cercle inflexible, profite de ces variations, et y voit, non pas un élément de dissolution, mais un principe de vie et de progrès. Il en résulte qu'elle est incontestablement plus scientifique que sa rivale; chez celle-ci, le principe de l'autorité entraîne la stabilité, l'adversaire la plus décidée de la science qui, pour vivre, à besoin d'indépendance. Sans doute la théologie catholique peut nous opposer des noms glorieux, devant lesquels nous aussi nous nous inclinons avec respect; elle peut nous opposer et ses Bénédictins de S. Maur, dont les travaux immortels sont un trésor acquis à toutes les confessions; et les louables efforts de quelques religieux modernes du même ordre, de se vouer encore aux recherches scientifiques; et l'esprit qui anime les théologiens catholiques de l'Allemagne, et qui semble préparer une régénération de leur Église. Mais si elle veut être conséquente, la théologie catholique doit reconnaître que son terme lui est rigoureusement fixé, qu'il lui est interdit d'aller au delà des bornes prescrites par une autorité traditionnelle. Ses savants se meuvent dans un champ limité de toutes parts, retenus, pour ainsi dire, sous un charme qu'ils ne peuvent rompre sans rompre en même temps les liens qui les attachent à leur Église. Leur dogme est fixé à jamais par les canons des conciles; ils sont encore toujours réduits à faire ce que faisaient les docteurs scolastiques du moyen âge, savoir à commenter ce dogme, à l'interpréter, à s'efforcer de le mettre d'accord avec la philosophie; tâche très-grande, mais souvent impossible à accomplir. Dès qu'il leur arrive d'avancer une proposition qui n'entre plus dans le système ecclésiastique, ils s'arrêtent effrayés de leur hardiesse, et protestent de leur soumission aux traditions, de leur dévouement à l'Église infaillible. De là vient que la théologie du catholicisme est demeurée stationnaire, au point que çà et là elle ressemble encore, dans le fond comme dans la forme, à l'aride scolastique des siècles écoulés. De là vient aussi sa crainte de toucher aux autres sciences, et d'en mettre à profit les résultats; car ces résultats pourraient devenir menaçants pour une doctrine qui ne s'est pas associée au mouvement universel. Le théologien catholique

ne peut rien s'approprier de l'évolution philosophique de la pensée humaine, de peur de franchir la
ligne qui le sépare de l'hérésie; une critique historique impartiale lui arracherait des aveux qui com-
promettraient la légitimité de certaines prétentions,
et lui feraient envisager bien des événements sous un
autre point de vue; les progrès enfin des sciences
naturelles doivent être pour lui un sujet d'effroi,
puisqu'ils le mettent de plus en plus en contradic-
tion avec plusieurs de ses dogmes.

La théologie protestante est infiniment plus heu-
reuse sous ce rapport; nous avons vu qu'elle possède la liberté, et que par suite de cette liberté, elle
est une science pleine de vie. On voudrait bien, à la
vérité, l'attacher également à une chaine qui ne lui
permît de se mouvoir que dans un espace déterminé;
on voudrait l'arrêter par l'autorité de ses livres symboliques, en représentant ceux-ci comme un complément nécessaire de l'Écriture sainte, comme une
espèce de canon inspiré et destiné à régler la foi
de tous les siècles; mais on ne songe pas que, de
cette manière, on fait rentrer dans le protestantisme
un des premiers principes qu'il eût rejetés, celui de
l'autorité d'une tradition humaine quelconque. Les
livres symboliques ne contiennent d'autre interpré-
tation de la foi chrétienne, que celle de certains
hommes à une certaine époque, auxquels ils servi-
rent alors de point de ralliement ou de symbole;

nous les acceptons encore aujourd'hui dans leurs traits fondamentaux, mais il est du devoir du théologien de notre époque, de ne pas leur accorder une valeur que dans l'origine même ils n'ont jamais eue. La théologie protestante d'aujourd'hui ne veut nullement rompre avec son passé; en le reniant elle se rendrait coupable d'une ingratitude indigne d'elle : mais à aucune condition et à aucun prix elle ne peut aliéner sa liberté; sa mission est de la défendre et de veiller à sa conservation, en donnant de jour en jour une extension plus grande au mouvement scientifique qui la caractérise.

Le catholicisme lui-même la suit involontairement dans ses progrès; il y est forcé en quelque sorte par son propre intérêt; pour combattre un rival, qu'il consent enfin à respecter, il est obligé de le connaître, et cette connaissance n'est pas perdue pour lui. Il ne peut plus résister à l'impulsion universelle qui entraîne le siècle à la réflexion; il essaye de vivifier l'immuable roideur de ses dogmes, en les pénétrant d'un esprit philosophique. M.Bautain écrit sa philosophie du christianisme; MM. Sengler à Marbourg et Staudenmaier à Fribourg, et d'autres théologiens de l'Allemagne catholique, posent les fondements d'une théologie spéculative, en alliant le catholicisme tantôt avec le système de Schelling, tantôt avec les principales données de celui de Hegel. L'intelligence de ce besoin de dégager la théologie de ses

entraves, rapprochera l'Église catholique de l'Église
protestante; des rapports de plus en plus bienveillants
s'établiront entre les deux communions; dans chacune d'elles l'esprit chrétien se développera, s'épa-
nouira sous une forme particulière, jusqu'à ce qu'un
jour la différence de la forme disparaisse, lorsque
la science aura accompli ce qui n'a jamais pu réussir
à la force, et ce que des complications et des réactions récentes semblaient avoir rendu moins possible que jamais, si ces complications ne devaient
pas être des phénomènes passagers, et ces réactions
les derniers mouvements d'un esprit qui veut en
vain résister au progrès universel.

La tâche sociale du théologien n'est plus la même
que dans les premiers siècles du christianisme, ou
dans la période du moyen âge. Jadis, il s'agissait
pour lui de façonner des populations grossières à
la foi chrétienne, d'adoucir les mœurs brutales d'une
société encore irrégulière, et de défendre la doctrine
contre des hérésies qui n'étaient pas toujours des
appels à la pureté évangélique. Il parlait alors au
nom d'une autorité irrécusable; il frappait l'imagination des peuples soit par les prestiges d'un culte
pompeux, soit par la représentation des tourments
de l'enfer; il secouait leur sensibilité, ou bien la
nourrissait de vagues rêveries; mais il s'adressait

moins à leur intelligence, qui sans doute était encore fort peu développée, mais que les ministres du christianisme, séduits par l'attrait de la domination, aimaient mieux retenir dans les ténèbres que de l'éclairer. Aujourd'hui la foi naïve de ces temps n'existe plus : ce qui autrefois ne semblait être que le privilége d'un petit nombre, la réflexion, s'est répandu dans toutes les classes; les hommes pensent, ils doutent, ils veulent se rendre raison de toutes choses, ils ne veulent plus croire sur parole, ils préfèrent les peines de l'étude et les inquiétudes du savoir à la tranquille ignorance de leurs ancêtres. La religion doit-elle s'en effrayer? Nous ne le pensons pas; ou par hasard ne peut-elle forcer les convictions et gagner les cœurs qu'en exigeant une soumission aveugle et irréfléchie? N'est-elle pas assez puissante pour pénétrer partout, pour s'adapter à tous les besoins de l'homme, à tous les degrés de sa civilisation? Elle n'aurait lieu de craindre le progrès des lumières, que si elle était incapable de le suivre, de satisfaire aux nouveaux besoins qu'il fait éclore sur ses pas, et d'être ainsi dans toutes les périodes de son existence la sauvegarde de l'humanité. Seulement le théologien doit s'adresser aujourd'hui aux hommes d'une autre manière que dans les siècles passés, et au nom d'une autre autorité. Il doit montrer la concordance de l'Évangile avec les besoins du sentiment religieux et avec les exigences d'une raison qui reconnaît ses limites; appeler les hommes à la foi par la science, et concilier ensemble ces deux éléments trop longtemps séparés. Telle est aujourd'hui la tâche que sa mission comme théologien lui impose. Nous avons essayé de montrer ce qu'il doit savoir pour la remplir : voyons encore en peu de mots comment il la remplit et par quel moyen.

Le christianisme n'est pas seulement une doctrine, un objet du savoir; il appartient en même temps au sentiment et à la volonté; il doit se réfléchir dans toute la vie de l'homme : il est à la fois théorie et pratique. Ce double caractère qui, dans son unité, constitue la véritable essence de notre religion, se retrouve aussi dans la théologie. Longtemps celle-ci ne se souciait pas d'unir les deux directions; elle avait établi une ligne de démarcation entre les érudits et les praticiens, et doutait que le même individu pût être l'un et l'autre à la fois. L'Église protestante elle-même, bien que la partie essentielle de son culte fût la parole vivante, et qu'elle dût songer surtout à se former des hommes capables de la prêcher, semblait avoir consenti à cette séparation. Il y a même eu des savants célèbres qui ont manifesté pour la théologie pratique un dédain difficile à excuser. [1]

[1] Par exemple Planck. (*Einleitung in die theologischen Wissenschaften*, t. II, p. 593.)

Aujourd'hui, ce nous semble, le temps est venu où l'érudition ne suffit plus pour constituer le vrai théologien; nous avons montré qu'il a une œuvre sociale à accomplir, et le pourrait-il, en s'enfermant dans son cabinet, pour entasser des connaissances que, semblable à un avare, il craindrait de faire valoir dans la vie? Ce qu'il apprend, il doit l'animer d'un esprit vivant; il doit transformer dans le creuset de sa pensée les faits et les formules en vérités générales, et reproduire avec usure ce qu'il acquiert pour le salut de tous. Ce n'est pas pour enfouir ses trésors, ou pour les communiquer seulement à un petit nombre d'adeptes élus, sous une forme inaccessible au peuple, qu'il doit consacrer ses veilles à les amasser; mais pour les répandre largement autour de lui, à mains pleines, avec profusion, et de manière que tous puissent en avoir leur part. Là vraie mission du théologien de nos jours est d'unir étroitement la science et la pratique, de féconder l'une par l'autre, et d'établir ainsi un rapport permanent entre la pensée et la vie. Peut-être on croira que ce problème est insoluble, et que, précisément de nos jours, où le domaine de la science s'est agrandi au point qu'une vie d'homme suffit à peine pour l'explorer, la tâche doit être partagée entre plusieurs. Mais nous ne citerons qu'un seul nom, pour montrer que nous n'exigeons pas l'impossible : Schleiermacher, le profond philosophe, le traducteur de

Platon, le théologien distingué dans toutes les parties de la science, a été en même temps le prédicateur le plus célèbre de son époque, dont la parole
a exercé une influence extraordinaire, et retentira
toujours dans l'âme de ceux qui ont eu le bonheur
de l'entendre. Il compare lui-même la théologie pratique à la couronne de l'arbre, transformant et épa-
nouissant en fleurs et en fruits la séve que le tronc
lui amène[1]. L'idéal du théologien doit être de comprendre sa science dans ses profonds rapports avec
la vie de l'Église, et de l'employer à en satisfaire
les besoins. Il ne faut pas être un homme de génie
pour réaliser cet idéal; chacun le peut, en raison
des capacités qui lui ont été départies : le génie lui-
même n'est souvent qu'une volonté très-énergique.

Toutes les tendances de notre époque et tous les
besoins se réunissent pour exiger du théologien
l'union de la prédication à la science, ou de la
science à la prédication. Tout le monde reconnaît
la puissance de cette dernière; aussi les différentes
théories qui, dans les derniers temps, ont essayé de
s'établir comme des religions nouvelles, ont toutes
eu leurs prédicateurs enthousiastes. Mais la prédication chrétienne est la seule vraiment puissante;
elle seule est en état de concilier les contradictions,
de pacifier l'humanité divisée, et d'annoncer avec
succès la doctrine du salut. Il faut donc qu'elle

---

1 *Kurze Darstellung des theolog. Studiums*, 1.re éd., S. 31.

aussi se mette au niveau de la civilisation, ce qu'elle
ne peut faire qu'en passant, pour ainsi dire, par
l'initiation de la science. La science, unie à la foi,
lui donne un contenu réel; elle l'empêche de se
perdre dans des lieux communs de morale, dans
des élucubrations érudites sur le dogme, dans des
rêveries mystiques; elle lui prescrit enfin de ne pas
dédaigner la beauté de la forme sous prétexte que
les vérités qu'elle doit proclamer sont assez excel-
lentes par elles-mêmes, pour n'avoir pas besoin du
prestige de l'éloquence.

Cependant, nous dira-t-on, il est désirable sans
doute que le théologien savant vivifie son érudition,
et prouve, en ne pas négligeant la prédication, que
son savoir n'est pas une masse inerte, stérile pour
l'Église; mais celui qui ne se voue qu'au ministère
de la parole divine, a-t-il besoin de tant et d'aussi
fortes études? Certes, il en a besoin; et qui pourrait le nier? On le démontre suffisamment, en
énumérant les besoins de notre époque, et en indi-
quant ce qu'elle est en droit d'exiger du théologien consciencieux. Le prédicateur a devant lui des
hommes de toutes les classes de la société; il doit
leur supposer les connaissances les plus variées.
Que fera-t-il, quand ils ont des doutes? Leur
dira-t-il : ayez la foi, ou vous compromettez votre
salut? Ne faudra-t-il pas plutôt que, pour les con-
vaincre, il entre dans ces doutes, sans crainte d'ex-

poser à des dangers la vérité religieuse? S'il ne doit pas apporter en chaire des spéculations métaphysiques, ni polémiser contre la philosophie du jour, cela ne le dispense pas d'un genre d'études dont l'importance est aujourd'hui si urgente. Les détails d'histoire profane, dont au moyen âge on se plaisait à entremêler les sermons, sont également bannis de la chaire, ainsi que les dissertations sur des sujets d'histoire naturelle. Mais si la prédication de nos jours rejette les minuties, il est de la dignité du ministre de l'Évangile de s'élever aux grandes vues d'ensemble, de montrer la connexion admirable qui existe entre toutes les portions du domaine intellectuel, de faire converger vers le même centre religieux tous les rayons de vérité que ses études variées lui fournissent, et de faire ressortir ainsi de plus en plus l'excellence de la religion qu'il enseigne et qu'il prêche. C'est donc par le moyen de la prédication qu'il remplit la mission dont il est chargé, et c'est par la science qu'il rend à la prédication tout l'éclat et toute l'énergie dont elle est susceptible. Elle est peut-être à la veille d'une ère nouvelle, où, après s'être transformée selon les vrais besoins du siècle, elle redeviendra ce qu'elle a été anciennement, savoir la première d'entre les puissances de l'esprit. La conciliation de la science et de la pratique, voilà, en définitive, la grande tâche du théologien de nos jours.

CH. SCHMIDT.

Milton Keynes UK
Ingram Content Group UK Ltd.
UKHW032328221024
449917UK00004B/306

9 783385 095274